L'éclat des souvenirs

Carine Paccaud

L'éclat des souvenirs

Recueil

LE LYS BLEU
ÉDITIONS

ISBN : 979-10-377-5986-3

Cher lecteur, chère lectrice,

Je vous envoie quelques pensées poétiques écrites au cours des deux années qui viennent de s'écouler. Elles ont éclaté comme un fruit mûr, peut-être trop lourd pour être conservé, ou comme des souvenirs envahissants qui ne demandent qu'à être racontés.

Ce recueil de 40 poèmes intitulé « L'éclat des souvenirs » *suit le rythme des 4 saisons et vous invite à découvrir autrement certains faits d'actualité ou de société, des événements ou personnages historiques, des lieux ainsi que quelques réminiscences personnelles.*

J'espère que le fruit de ces souvenirs, joyeux ou douloureux, vous plaira, et parce que les mots adoucissent les maux, que la poésie permet l'éclat des sentiments, je vous souhaite une agréable lecture.

I
Printemps

L'atmosphère, embaumée et tendre, semble pleine
Des déclarations qu'au printemps fait la plaine,
Et que l'herbe amoureuse adresse au ciel charmant.

Victor Hugo, *Premier mai*,
Les Contemplations, 1856

Réveil printanier

À pas de velours le froid s'en est allé
Vouant Dame nature aux fruits de ses attraits.
Le silence de l'hiver cède sans regrets
La place aux gazouillis des oiseaux éveillés.

Les bourrasques dénudent les bourgeons tardifs
Qui, effleurés par une pluie de rayons chauds,
Libèrent leurs pétales en des bouquets éclos :
Kyrielles de couleurs pour les jeunes massifs.

Les papillons tournoient en ballet de plein air,
Dans ce cadre enjoué où la clarté prolifère,
Le printemps déverse sa cascade de vie.

L'inquiétude quitte peu à peu les esprits,
L'espoir envahit les pensées revigorées,
Le moment de la renaissance est annoncé.

La bohèm'Oise

Je suis fière de présenter l'endroit d'où je viens,
Cette terre natale qui m'accueillit un jour,
Et m'abrite depuis en fidèle gardien,
Est l'épanouissement du nord aux alentours.

Près de Samarobriva et de Lutèce,
La belle Oisienne se repaît de délices :
Présents d'une rivière éponyme en liesse,
Dont le climat idéal emplit ses calices.

Dam'Oiselle file sa robe pourpre de velours
Dans l'atelier d'une manufacture de Beauvais,
Puis se pavane à Compiègne sans un détour
À tous bals prospérant dans le petit palais.

La nymphe d'Ermenonville, que la chasse attire
À l'ombre de ses vastes forêts ombragées,
Cherche alors, bien loin du tumulte satyre,
De paisibles endroits secrets où s'étirer.

Présente dans la cathédrale tel un cadeau,
Le soleil lui déploie un éclat d'étincelles,
De divines lumières jaillissent de ses vitraux.
Elle bénit Noyon d'une louange éternelle !

Notre belle Isarienne termine son excursion
Aux abords d'une forteresse inexpugnable,
Un Colosse médiéval du nom de Pierrefonds,
Aussi noble que Senlis est admirable.

Que l'Oise normande, Verte, du pays de Bray,
Ou bucolique du plateau picard fleurisse !
Certains la chérissent, d'autres la maudissent,
Mais d'aucuns s'indiffèrent en voyant ses attraits.

Promenade matinale

Demain, au moment où le soleil inaugure
Le sous-bois d'une pluie de rayons et l'effile,
Je marcherai la tête droite, l'esprit tranquille.
Je contemplerai cet océan de verdure.

Sereine, je laisserai mon esprit rêvasser.
Au gré du vent, les sentiers frais me mèneront
Vers la pureté de ce calme horizon
À l'orée d'un entrelacs d'arbres accordés.

Là-bas, la nature offre au flâneur alerté
Tant de volutes de beauté et de douceur ;
Les feuilles à peine écloses bruissent en chœur,
Les oiseaux pépient, l'air sème un parfum sucré.

Ma vie savourera le bonheur de ce jour,
Je verrai tout, à excès je m'enivrerai,
Je vivrai vraiment et enfin… j'existerai
Dans la plénitude de ce céleste séjour !

Éloge d'un chat

Compagnon des musiciens et des écrivains,
Le félin érudit trône gracieusement
Tel un sphinx aux portes d'un temple romain,
Ivre de joie d'être le témoin d'un talent.

Il va et vient, au gré des vents et des tourments
Où bon lui semble, promeneur solitaire,
Ce Sylphide des toits, faste d'un sol conquérant,
Se délecte de cette nature nourricière.

L'excursion achevée et les sens éveillés,
Avide de caresses ou de mots rassurants,
Fait le dos rond, ronronne à gorge déployée,
Exige du maître des délices exaltants.

Deux océans de topaze au fond du regard
Éclairent ses longues prunelles magiques
D'où jaillit la lumière sans l'ombre d'un écart
Comme un vif éclat d'étincelles mystiques.

Paris

J'aime admirer Paris à l'aube qui s'éveille,
De la butte Montmartre, Sacré belvédère,
La nuit s'éternise et les matinaux prospèrent,
Face à ce Cœur en émoi, mes yeux s'émerveillent.

Mon regard avide se pose sur la ville,
Mes pensées suivent les méandres de la Seine
Qui serpente tranquille sous Notre-Dame en peine
Et le long des quais que les bouquinistes habillent.

L'île de la Cité posée tel un berceau
Offre à sa pointe un florilège de beautés,
Le pont des arts cache deux trésors à ses pieds,
Le Louvre et l'Institut livrent tant de cadeaux.

Les faisceaux lumineux de la tour Eiffel veillent,
Illuminent le pont aux colonnes dorées
Et se réfléchissent sur Petit et Grand Palais,
Le dôme des Invalides éclipse le soleil.

Paris entame une farandole de bruits
Au rythme des pas secs des coureurs qui se pressent,
Dans leur monde solitaire, vers les espaces
Verdoyants du Luxembourg ou des Tuileries.

Paris de la culture ou des grands magasins,
Paris de la rive gauche pour ceux qui pensent,
Paris de la rive droite de ceux qui dépensent,
Paris l'exaltée éternise son destin.

Le pouvoir des mots

Bien à l'abri dans nos esprits,
Mots lus, prononcés ou écrits,
Ils réverbèrent nos idées,
Peuvent cacher nos émotions
Parfois teintées de déception.

Les mots adoucissent les maux
Et soulagent plus qu'un cadeau,
Lorsqu'ils libèrent la conscience
Qui bouillonne au point d'exploser ;
Un mot suffit à l'apaiser.

Mots à l'occasion émouvants
Lorsqu'exprimés au bon moment,
Ils nous font rire ou bien pleurer,
Ce sont des braises de douleur,
Semant les graines du bonheur.

Mots de poètes qui enchantent,
Des mots qui passent et qui s'enlacent,
Des mots tendres ou des mots durs,
Des mots rares, justes, pensés
Servent à être mieux écouté.

Des mots néfastes en une rafle,
Des mots acerbes qui éraflent,
Des mots fous qui laissent des traces,
Des mots de haine et de rancœur
S'enfoncent sans hâte en plein cœur.

Des doux, des tendres qui avivent,
Des mots qui grisent et qui enivrent,
Mots semés comme des cailloux,
Des mots cherchés parmi les cieux
Ou d'amour dits avec les yeux.

Au bout de la langue, piégés
Du labyrinthe des idées,
Pléthore de parole vide,
Les mots manquent aux émotions
Sacre bridé de nos passions.

Des mots vertueux ou fanatiques,
Quelquefois lâches ou poétiques,
Libérés ou bien censurés…
Le temps passe, seuls les mots restent.
Le silence est, les mots s'éteignent.

Une vie sans visage

Ils sont partis au front par devoir au nom de la France ;
ils sont revenus à l'image du pays :
sillonnés de cicatrices,
creusés de trous béants et fissurés dans leurs chairs.
Ce sont les broyés de la guerre.

Le pays explose de joie, les rues se pavoisent,
eux se terrent dans un abîme de détresse.
En brisant leur visage, la guerre a volé leur identité.
Les regards se détournent à leur passage ;
souvent par pitié,
parfois par dégoût, toujours par peur.
L'enfer ne serait-il pas plus doux que la survie sur
Terre ?

Ils ont honte de se montrer et ne savent où aller,
les stigmates des combats sont si lourds à porter !
Mutilés à jamais,
les blessures sont le reflet de leur âme :

l'horizon est un avenir teinté de tremblements
et de crises de terreur.
Certains auront quelques réparations,
d'autres vivront cachés,
d'aucuns ne pourront oublier,
le visage sera là pour leur rappeler.
Un visage comme un écho aux bombardements,
un obus en plein milieu du visage…

Le pays entame sa reconstruction
et les martyrs des tranchées
choisissent la méthode du camouflage pour y
participer.
Les douleurs du front perpétuées en temps de paix…
Parce que certains refusent le désespoir
et ont pour arme la solidarité,
afin d'avoir une vie digne des sacrifices qu'ils ont
consentis au nom de la France,
parce que derrière ces visages détruits,
fondus et divergents,
il reste l'enfant ou l'homme que chacun a été,
même si on ne le reconnaît plus.
Face aux marques de sympathie de certains,
au regard apaisé ou respectueux d'un homme sur eux,
Les gueules-cassées apprendront alors à savoir
Sourire quand même.

La chrysalide de l'ange

Une frêle chenille naquit par un bel après-midi
Prête à savourer les délices infinies des environs.
Elle respire, contemple le monde et sans faire aucun bruit,
Âme solitaire, quitte son abri pour sa formation.
Elle s'enivre des chants mélodieux qu'offre la nature,
Son corps harmonieux oscille au rythme de l'écho des oiseaux.
Cette partition est un baume qui cicatrise les fêlures
Tant la musique libère son cœur de ses lourds fardeaux.
Pendant la balade vespérale elle croise des congénères
Mais sous prétexte d'affaires, l'ermite décline leurs appels
Préférant s'isoler pour esquisser le monde à sa manière,
Elle se gave à huis clos en marge de tout relationnel.
Le temps est venu pour muer loin de ce tumulte pesant,
Emballée dans son cocon ouaté, la petite lâche prise
Et se complaît dans ce paradis esseulé analgésiant
En quête d'une métamorphose salutaire qui autorise

La chrysalide de l’ange à rêver de la voûte céleste.

Rêve d'une confinée

Cette nuit, j'ai fait un rêve envahissant, prodigieux !
Mais le songe d'une captivité est-il un rêve ?
Quand s'éloigner de la nature rend trop malheureux,
Quand vivre en famille forge une fructueuse sève,
Si contemplation et passion composaient en tous lieux…
Un rêve d'une nuit, profond, heureux et clairvoyant,
Où les soignants de notre pays seraient des héros,
Où la gratitude auréolerait nos enseignants,
Où la bénédiction couronnerait nos commerciaux,
Si reconnaissance et travail devenaient concordants…
Un rêve admirable, accaparant mais rassurant,
D'espérer que le gaspillage se voie désavouer,
De substituer l'égoïsme au partage florissant,
D'admettre que la santé devienne priorité,
Si on tentait de changer les choses dorénavant…

Un rêve prometteur de changements et d'étincelles,
Un monde où nous pourrions enfin retenir le temps,
Un monde où le doute aiderait à vivre l'essentiel,
Un monde où les dirigeants nous traiteraient autrement,
Si chacun pouvait réinventer une vie nouvelle…

Au matin, je me réveille mais ce rêve persiste,
Il est là face à moi, une entité imperturbable
Qui envahit nos vies, nos âmes et partout il résiste,
S'immisce dans nos foyers telle une pensée immuable.
Si l'utopie de ce rêve devenait réaliste…

Que s'arrête ce temps incertain, troublé et troublant,
Nos comportements changés par ce fléau invisible,
Nos doutes, nos espoirs fixés aux lèvres des savants,
Que la vie reprenne d'une manière indéfectible,
Apprenons de ce mal pour sortir enfin du néant.

Si seulement…

Nuit d'extase

Jaillissant du plus profond de l'obscurité,
Un corps dont la peau luit, se dresse au clair de lune,
Et le cœur plein d'émois de sens exacerbés,
Serpente sur le tissu soyeux serti de dunes.

Sa langue siffle une mélodie enivrante
Prête à se gargariser de divins refrains,
La bête se faufile et pénètre exaltante
Pour enfin enlacer sa proie d'un tour de main.

D'un seul regard, la muse est hypnotisée,
Phœbus lui susurre des secrets charmants,
Sa langue explore alors la moindre cavité
Pour pouvoir déverser son venin bienfaisant.

Ivre de joie dans ce ballet improvisé,
L'éphèbe se raidit dans le corps somnolant,
Leurs yeux brillants comme des étoiles dorées
Mènent leur complainte nuptiale au firmament.

II
Été

Par les soirs bleus d'été, j'irai dans les sentiers,
Picoté par les blés, fouler l'herbe menue :
Rêveur, j'en sentirai la fraîcheur à mes pieds.
Je laisserai le vent baigner ma tête nue.
Arthur Rimbaud, *Poésies,* 1970

Jour d'été

Lorsque le Soleil irradie
La Terre de puissants rayons,
La lumière épand sa magie
Dans un flot diffus et fécond.
L'hymen céleste achevé,
La nature est teintée de miel
Et libère en vapes sucrées
Des senteurs fruitées à merveille.

Au-dessus des terres dorées,
Bien au-delà de l'horizon,
Sur tous les océans nacrés,
L'azur tend son voile profond.
Et dans ce ciel bleu infini,
Les oiseaux, frôlant le zénith,
Répètent la chorégraphie
D'un ballet astral émérite.

Cette saison de voluptés
Tient sa nature de promesses,
Elle bonifie l'humanité
Qui exhale ses richesses.
Un sémaphore d'étoiles luit,
La nuit prolonge le moment
Et cette hémorragie de vie
Mûrit l'été d'amples instants.

Sensations

C'est au moment où la nature se réveille
Que ce petit val, constellé de blés dorés,
Livre au zénith des bouquets de fleurs en corbeilles.
Ici, tout est calme, douceur et volupté.

Sur les sentiers fleuris menant à ses coteaux,
Un parfum léger exhale du gazon épars,
Son bois de saules offre un asile en berceau.
Ce trou de verdure est un écrin de nectars.

Lors d'une nuit sans lune, la tempête s'est levée
Arrachant à sa quiétude ce jardin d'Éden,
Le tonnerre perçait le ciel d'éclairs ramifiés
Et les vents écorchaient ce lieu de vie sans peine.

Tombant des cieux funèbres, à toute allure,
Tel Lucifer répandant un fiel de crime,
Les flammes dévorèrent Dame nature.
De ce brasier ne resta plus qu'un sombre abîme.

Le temps a passé, sous la clarté de ce jour,
On voit le vert coteau que le couchant jaunit,
L'onde serpente en un murmure aguerri.

La vie est semblable à ce beau paysage
Un ciel d'azur cache parfois un ciel noir perfide
Prêt à voir l'horizon d'un futur limpide.

Un baluchon de rêves

Si je devais pour des motifs sibyllins
Dès demain partir loin, garder un peu d'ici,
J'emporterais tout ce qui embellit la vie
Et assure des délectations au quotidien.

Des livres indéniablement pour m'évader ;
De petites nouvelles à lire par plaisir,
De grands romans classiques à redécouvrir,
Et des poèmes qui exaltent la pensée.

Des musiques assurément pour m'extasier ;
Des mélodies troublantes, des airs envoûtants,
Quand l'âme s'abandonne aux airs gais, larmoyants
Et invite au voyage sans même bouger.

Des odeurs inlassablement pour m'enchanter ;
Des parfums d'enfance empreints de nostalgie,
Des arômes évocateurs de moments bénis
Qui exhalent en moi comme des jardins sacrés.

Des souvenirs heureux pour me rasséréner ;
Enfouis quelque part, surgissant de nulle part,
Vestiges solides d'un fragile rempart,
Certains suivraient ancrés sur des pages dorées.

Un vélo tout simplement pour baguenauder
Partout entre chemins urbains et vicinaux,
Par plaisir ou devoir, en solo ou en duo,
C'est un éveil des sens en toute liberté.

Tout cela serait vain s'il venait à manquer,
Famille, amis, âmes vivantes et sensibles,
Ils sont mon élixir, ma moelle de vie paisible
Et la quintessence de ma félicité !

Vers l'azur

Cette région du Sud inonde de lumière
Où les vifs éclats d'argent des oliviers
Auréolent l'azur de leurs reflets diaprés
Où les rais de soleil choient en pluie de prière.

Dans ce paysage de garrigue, tapies
On ne sait où, chorale estivale incessante,
Les cigales cymbalisent une ode entêtante
Et rythment le pas des promeneurs étourdis.

Sous un brin de fraîcheur et de félicité
L'onde du Gardon serpente dans ce pays
Et guide les âmes avides de féérie
Contempler l'aqueduc défiant l'humanité.

Là, le temps passe avec douceur et volupté
La vie s'y écoule bien loin de tous tourments
Tel un canoë qui glisse au gré du courant
Elle triomphe des écueils constellés.

C'était un 16 juillet…

Jetés en pâture comme du bétail aux yeux égarés,
Sous le joug d'agents en uniforme consacrant leurs quotas,
Des milliers d'innocents furent arrêtés, triés et entassés
Dans les gradins d'un vaste stade voué à un bien sinistre combat.
Méprisés sous Laval d'une collaboration perfide,
Entachée à foison de Bousquet de haine et d'ignominie,
Commanditée par un maréchal indigne aux mœurs acides,
Ils furent les acteurs malheureux de ce spectacle honni.
Dans ce Vélodrome d'hiver, ce palais devenu sanctuaire,
Ce temple où la vie fut puis disparut jusqu'à la fin des temps,
Ce théâtre où se tint la plus funeste tragédie mortuaire,
Sous une immense verrière bleuie, l'air devint étouffant,
Puis la lumière venue du zénith s'arrêta de pleuvoir

Et des torrents de larmes couvrirent le désert
d'humanité.
En attendant la fatale ordalie, il fallait soutenir
l'ineffable espoir,
Mais au nom de la raison d'État, la rafle de tout un
peuple fut décidée.
Un peuple parqué dans des convois
d'où il ne reviendra pas.

Pompéi

Entre mer et mont, cette terre bénie des Dieux
Accueille en son sein une cité florissante,
Des parfums doux bercent les vignes abondantes,
Les gens sont heureux, fiers de leur berceau précieux.

Pompéi prospère dans une illusion de paix,
Riche d'une mer féconde et d'un sol fertile,
Les villas paradent face au Vésuve tranquille
Titan fébrile qu'on pensait éteint à jamais.

Mais ce compagnon d'apparat versa sa rage
Crachant des entrailles ses scories du malheur,
Pétrifiant en d'immortelles postures l'horreur.

Depuis, la Belle offre ses trésors libérés
Témoignages exceptionnels de ville antique
Dont la renommée tient à une fin tragique.

Carpe diem

Savourer le jour quoi qu'il puisse arriver
Dans ce temps éternel la vie file furtive
Et cueille la beauté de la rose captive
Pour jouir de ses secrets à perpétuité.

Happer l'instant présent d'un futur incertain
Oublier les tracas de l'âme et ses souffrances
Qui aspirent avidement toutes espérances
De priver maintenant pour espérer demain.

Le temps nous échappe, on retient l'essentiel
Dans cette course folle où les heures s'égrènent
Les minutes défilent en souvenirs pérennes.

Profitons de ce que ce jour offre d'unique
Un nectar éternel dans un jus d'ambroisie
Un refrain quotidien comme une ode à la vie.

Face à la mer

Comme je flânais à l'aube du crépuscule,
Face à l'étendue des flots, miroir d'impressions,
J'admirais cette toile d'onde qui recule,
Le Soleil et la mer se fondent à l'horizon.

La plage se vide et les envies sont emplies :
Des familles construisent un ultime château,
Les promeneurs du soir contemplent étourdis
Les cerfs-volants ouvrant le bal des oiseaux.

Les vagues écument le sable doré de blanc,
Les profondeurs bleues noient les rives solitaires,
Les franges de mer luisent de reflets d'argent,
Partout, la côte met ses habits de lumière.

Clapotant sur un tapis de nacre brisée,
Mouettes et goélands, le regard assassin,
Se querellent pour débusquer quelques denrées
Que la marée a laissées au fond des bassins.

La brise marine, gorgée d'embruns salés,
Dépose sa sève en des endroits verdoyants
Où paissent les bêtes, bouquets d'herbe iodée,
De logis cossus défiant le vaste océan.

La nuit se profile, les étoiles apparaissent,
Les yeux repus, l'esprit revigoré enfin
Je lève l'ancre, le murmure des flots berce,
Les rêves s'éternisent aux édens marins.

Crépuscule

Le jour s'efface peu à peu,
Emportant fastes et regrets
Loin de ce monde présomptueux
Et de ses tourments inavoués.

Le ciel teinté d'un bleu profond
Se strie tel un bouquet d'éclairs,
Jette en un camaïeu de tons
Roses des faisceaux de lumière.

Le silence ardent étincelle,
L'éclat du jour est éphémère,
Celui de la nuit éternel
D'offrir ses vertus conseillères.

La nuit apprivoise le jour,
Il faut savoir aimer la nuit,
Guide furtif à tout parcours,
Elle illumine notre esprit.

Enfin, l'éclat du jour avance
La nuit prodigue s'en est allée
Abandonnant aux espérances
Le cœur des âmes égarées.

Nuit d'effroi

L'orage s'annonce, cortège de vifs éclairs
De bruits inquiétants ; réveillant d'un lourd sommeil
Les corps et les âmes des dormeurs solitaires,
Machiavel erre guidé par ses sens en éveil.

Tel un griffon cherchant sa proie, il déambule
Dans le corridor imprégné du clair de lune,
Avide d'élixirs interdits, sans scrupules
Jusqu'à trouver son talisman, sa fortune.

Le souffle lent, tranquille, dans les bras de Morphée,
Sereine, malgré la colère des nuées ; elle dort.
Ses rêves doux l'emmènent vers des cieux enchantés.

Alors, ce maudit noctambule, en entrant
Déverse son fiel sur sa victime somnolente,
Puis furtivement glisse dans le lit de l'enfant.

III
Automne

Bientôt nous plongerons dans les froides ténèbres ;
Adieu, vive clarté de nos étés trop courts !
J'entends déjà tomber avec des chocs funèbres
Le bois retentissant sur le pavé des cours.

Charles Baudelaire, *Chant d'automne,*
Les Fleurs du mal, 1857

Symphonie d'automne

En rythme cadencé la nature se mue
Les feuilles virevoltent d'un éclat tourmenté
Et orchestrent d'un frisson d'ailes contiguës
La féérie de ce ballet improvisé.

Une pluie drue s'invite alors à ce concert
Bat en chœur comme une mesure litanique
Pour tous ceux qui s'affairent dans cet univers
En une sérénade de refrains cosmiques.

L'air accueille les vents d'automne qui tournoient
En suaves exhalaisons puissamment musquées
Exhalant la fraîcheur captive des sous-bois
De fragrances de mousses et de sève épicée.

Peu à peu la vie décline puis s'évapore
La clarté des jours s'évanouit, la nuit s'étend
Les arbres écument leur ombre de feuilles d'or
Ultime parade avant l'endormissement.

Chercher l'impossible

Comme un peintre qui du noir célèbre la lumière,
Considérons le monde que le regard ne voit plus !
Tel le poète qui tire un mot de l'absolu,
Pénétrons dans la substance profonde des matières.

Soyons comme l'inlassable chercheur émérite,
Qui s'acharne à imaginer l'antidote d'un mal !
Osons, affirmons-nous dans la quête de ce Graal
Pour toucher notre destinée, même si elle s'effrite.

Tout aliment peut être transformé en délice,
Pour peu qu'un chef se glorifie à le faire devenir
Une manne inespérée du désert à cueillir,
Et chaque jour, nous en savourerons le bénéfice !

Brisons sans retenue l'écorce des apparences,
Pour atteindre la liberté de créer l'impossible,
D'être unique, de franchir les limites tangibles
Et finalement vivre sa vie avec véhémence !

Artémis

Divin présent des vendanges de Vendémiaire,
Tel un petit îlot perdu entre les flots
Cueillant de ses ondes pures le fruit d'un joyau,
Notre déesse naît auréolée de lumière !

Lorsque, parée de ses ravissants attributs
Elle parade parmi les belles divinités,
Tel un feu qui attire qu'on n'ose toucher
Les nymphes s'écartent en s'inclinant éperdues.

L'arc vers la cible, le combat au mérite,
Sa flèche résolue gagne le temple d'Éphèse,
Qui tel un flambeau sortant de la genèse
Met à l'honneur la chasseresse émérite.

D'un char, la tête ornée d'un croissant de lune,
Elle guide nos âmes fières au cœur de la nuit,
Éclaire notre route aux carrefours de la vie.
Notre voûte céleste contre l'infortune !

La liberté outragée

À Samuel Paty
Professeur d'Histoire-Géographie
Victime du terrorisme

Il y a des ferments dangereux pour notre société,
Quand on ne peut plus se répandre avec des mots,
Quand la mort est l'unique réponse aux propos,
Sous ce halo haineux, la laïcité est bâillonnée.

Pourtant, face à l'obscurantisme et au nom de l'expression,
Certains sont passeurs d'idéaux démocratiques
Et apprennent à développer l'esprit critique,
Les enseignants, les éclaireurs d'esprits vifs en formation.

L'un des leurs pris pour cible, l'ignominie a été franchie,
Fut un temps où enseigner était sans danger,
Maintenant, courage et risques sont recommandés
De peur de blesser les consciences ou d'amorcer les conflits.

En martyr de la liberté, la nation lui rend hommage
Le cœur brisé, l'étendard du Savoir levé.
Ce professeur émérite décapité,
Est mort pour avoir trop bien préparé
ses apprentissages.

Sa Majesté le cygne

Marie-Antoinette
Reine de France et de Navarre (1774-1791)
Reine des Français (1791-1792)

Narcisse des ondes pures et souverain d'un esprit de marbre, sa Majesté glisse avec grâce tel un navire solitaire.
Aussi droit et puissant que sur un trône, il prend son temps pour prolonger ce spectacle unique et, en quête de regards envieux, cette allure languissante lui est indispensable.

Le corps blanc immaculé et le cœur noirci d'orgueil, son regard est d'airain. Rien ne le trouble. Il semble ne rien entendre, ne rien voir, ne rien ressentir.
Le regard projeté vers le lointain, fixant un but invisible, ce prince des eaux limpides se mire sans aucun bruit à la recherche de plaisirs futiles et de délices éphémères.

Serpentant près des berges ancrées de roseaux, fuyant sans ambages les contraintes de son rang, l'orgueilleux se cloître dans un hameau calme et serein dont le décor somptueux fait blêmir les plus beaux palais.
Du haut de son cou courbé, son regard pénétrant nous toise et, tel un miroir dédaigneux de son ego grandissant, il savoure à excès les fastes de son royaume sans voir la misère qui décime le voisinage.

Pourtant trop lourd pour s'envoler vers les nuées. Pourtant trop fier pour s'enrichir des merveilles spirituelles. Son âme distante le conduit vers l'autre rive du courant : celle d'où l'on ne revient jamais, celle de l'au-delà.
Esquisse d'un destin effroyable, d'un avenir sinistre. Figure tourmentée de sa majestueuse destinée. Écrasé, piétiné par un monstre indomptable et sauvage.
Un roi passé à la postérité mais un étranger parmi les Hommes.

Bien aiguisé et luisant au travers d'une pluie fine de rayons de soleil, le couperet attend patiemment sa victime. Le chant rare du cygne annonce sa mort prochaine. Une tête séparée du col au port altier, une tête couronnée qui ne chantera plus jamais. Celle d'un Roi qui attend enfin l'éternelle liberté comme un dernier regard avant de s'élancer vers l'immortalité.

Divin amour

Sur l’Olympe, des épîtres pour confidences,
Nos yeux se sont croisés pour ne plus se quitter.
Tel un Apollon auréolé d’assurance,
Je m’émerveillais de ton être tout entier.

Tu étais là, digne, dans ce jardin des splendeurs,
J’admirais en toi le monde et ses voluptés.
Ivre de douces extases, mon âme apeurée
De devoir à jamais seulement te laisser.

Puis notre amour, le cœur plein et l’âme légère,
S’est enivré en une belle journée automnale.
Cette liqueur de vie édifie mon belvédère,
Car tu es mon cap, ma boussole, mon idéal.

Puisse-t-il glorifier longtemps les méandres de nos vies,
Mon bonheur s’y encense entre tes bras repliés,
Tout s’y concentre : ta ferveur, ton courage, tes envies.
Toi, ma divine idylle, mon zénith pour l’éternité !

L'homme est capable du meilleur comme du pire,
Fut un temps où l'acmé de l'horreur s'abattait…

Privés de libertés, exhortés d'interdits,
L'infamie déverse son venin malveillant
Sur des gens déshumanisés à tout venant,
Par le souffle glacial d'un vent d'est en furie.

Dans la gare les roues du monstre d'acier crissent,
Des volutes de miasme lient les cris stridents
D'uniformes aboyant des ordres vexants.
L'horizon est fermé, l'effroi béant se hisse.

Des troupeaux entiers d'âmes et de cœurs innocents,
Le dos courbé de peur, les yeux droits au nadir,
L'esprit plein de pleurs, le sac vide en souvenirs,
Sont jetés dans des wagons à bestiaux puants.

Le serpent d'argent glisse vers des lieux obscurs,
Le tumulte d'avant laisse place au silence,
L'air est oppressant, le voyage est pénitence
Et file au pays des ténèbres à vive allure.

Vient enfin l'arrivée au camp de la hantise,
Un numéro donné à la place d'un nom,
La rafle de tout un peuple à destination :
L'étoile jaune fond en une poussière grise.
C'était la Shoah…

Un crime contre l'humanité, un pogrom,
Et la mort continuera d'envahir la vie des rescapés.

Inondation

Le rideau s'ouvre sur la plaine silencieuse
Et comme pour défier l'orgueil des notables
D'assister à une comédie respectable
Inonde la scène de répliques insidieuses.

Cette ardente cascade partout s'introduit
Elle déverse en un tourbillon de boue noire
Des torrents de vie, de doute et de désespoir
Les cœurs se noient dans cette furie de pluie.

L'amour est comparable à une inondation
Il envahit tout, exulte les émotions,
Cicatrise les failles, avive les blessures.

La vie reprend son cours, nettoyée, purifiée
Le sol fissuré par des rais embrasés
Accueillera dans ses eaux quelques meurtrissures.

Les regrets

Le temps passe et la vie file furtive,
Et nous, simples passants sur cette terre,
Déroulons notre tapis éphémère
Au bout du chemin d'une nuit captive.

Là, nous pourrons regarder en arrière,
Sonder notre ombre, miroir du destin,
Et contempler tous les moments empreints
Pour goûter l'éclat des journées d'hier.

Loin de toutes pensées de repentance,
Expier nos dédains et âpres pensées,
Sans jamais à avoir à regretter
Ennuis futiles ou vaines espérances.

Des histoires ancrées dans les souvenirs,
Des larmes de peine ou des flots de joie
Au fond desquels notre cœur se noie.
Heureux ceux, qui sans regrets, vont mourir.

À l'aube du saut vers l'éternité,
Comme une ultime étape vers l'inconnu,
Dire adieu à ce qui fut et n'est plus,
Puis s'élancer, serein, vers l'Élysée.

Ad astra

À l'intérieur d'un chaleureux foyer latent
Une faible lueur rêvait de prendre vie
En une braise qui tournoie avec folie
Pour réconforter le cœur de ses occupants.

Dans cet entrelacs de bois sec elle se faufile
Mais dans cette insouciance de conquistador
L'étincelle de vie mue en cendres de mort
Et le ventre du brasier demeure infertile.

Vivre c'est partager, vivre c'est espérer
Mais l'espoir se noie dans le chagrin chaque jour
Lorsque la vie décide à jouer de mauvais tours
Vivre c'est parfois souffrir, vivre c'est aimer.

La frêle flamme s'est consumée, et cette toile
Brûlera dans les cœurs ô tel un feu sacré
Du haut du paradis céleste auréolée
Séraphin, un ange en route vers les étoiles.

IV
Hiver

La grande plaine est blanche, immobile et sans voix.
Pas un bruit, pas un son ; toute vie est éteinte.
Mais on entend parfois, comme une plainte,
Quelque chien sans abri qui hurle au coin d'un bois.
Guy de Maupassant, *Nuit de neige, Des vers*, 1880

Frisson d’hiver

Ô j’aime les premières sensations glacées !
Quand le vent sec et pinçant frappe les passants,
Quand le givre dépose son châle au couchant,
Les frimas s’installent, l’âme s’évade embuée.

Le ciel lourd attend le glas pour délester
Les gros nuages qui égrèneront à foison
Les flocons immaculés dans leur édredon,
Comme un duvet boursouflé de plumes gelées.

Puis les cornes d’abondance sitôt crevées
Sur tout ce que la nature offre de merveilles
Sèmeront leurs grelots ouatés issus du ciel
Et la préserveront de sombres destinées.

La plénitude dans cette crypte d’albâtre
Où la vie est laissée en suspens quelque temps
Sera pour moi comme un baume cicatrisant
Un tumulte gelé par les braises de l’âtre.

Coronavirus

À l'aube des frimas, sonnant le glas de la liberté,
Le mal s'est infiltré sournoisement vers le soleil levant.
Gorge serrée devant ce monstre meurtrier, impuissant,
Le monde a regardé des abîmes, ses soldats succomber.

Le fusil à l'épaule, les munitions fixées au corps,
Hippocrate, voulant bloquer à tout prix l'hémorragie,
Appelle à résister face à la terrible épidémie
Qui sème à tout vent, miasme de peste, ses germes de la mort.

Dans la hâte, la cavalerie est lancée au galop,
Sur tous les fronts, les destriers sont appelés au combat,
Pour refréner le délire de cette pandémie ici-bas
L'on confine des bataillons entiers loin de ce chaos.

En silence, comme essoufflé de résister sans délai,
Le poison s'est effacé de ce No man's land malin,
Offrant aux dormeurs éveillés un Éden de nectars divins,
Une nature immaculée, prête à se réinventer, faire écho, si jamais ?

Alexandre notre Grand

L'espérance s'ouvrit à l'imagination
Près du berceau d'un fils prodigue naissant.
Baignés d'orgueil et de fierté d'être parents,
Nous regardons grandir le fruit de notre union.

Tel l'illustre roi de Macédoine conquérant,
Notre Alexandre a su brider sa destinée,
De cette épopée, un sage empereur est né :
Il est un pharaon d'Égypte méritant.

Ce héros né, Aristote l'accompagne
Dans cette quête inconnue de jeux éternels,
Et avide de paysages immortels,
Il franchit les villes, les forêts, les montagnes.

Fier d'une renommée que le bonheur assomme
Notre petit bâtisseur est devenu grand
De Pierre le premier à Alexandre Le Grand
Il nous montre ce qu'il devient, ce qu'il est :
un homme.

Escapade alpine

Au-dessus des torrents, des lacs et des vallées,
Les cimes enneigées percent le ciel trop bleu,
Défient l'humanité, complotent avec les dieux,
Toisent l'évanescence des chalets mordorés.

Les pins trônent sur ses flans comme des joyaux,
Les nuages cotonneux forment un diadème,
D'une force herculéenne naît ce dilemme :
Face au géant blanc, l'Homme semble si penaud.

Lui de passage dans la montagne éternelle,
Lui, le conquérant ; Elle, l'impétueuse sagesse,
Elle le titan, Lui essaime son ivresse,
Lui, plein d'admiration ; Elle, vide d'artificiel.

L'âme purifiée dans les espaces limpides,
L'Homme s'abreuve de cette douce liqueur,
Libéré des miasmes et prenant de la hauteur,
Il glisse aspirant le bon air de la sylphide.

L’écho de sa voix résonne sur la forteresse,
En haut du belvédère voyant tout à la ronde,
Il se croit être au moins aussi grand que le monde,
Il la vénère mais profane ses richesses.

L’Homme est ainsi fait, en prenant de l’altitude,
Il prend conscience enfin de toutes ses faiblesses.

Avalanche

Sous un ciel limpide étincelle de la neige immaculée
L'épaisse couche ouatée résistera pourtant peu à l'assaut
Qui cache les stigmates en surface et contusionne à huis clos
La tempête aiguise son emprise en une prison dorée.

Les flocons s'accumulent, s'isolent pour mieux se tapir
Perdus dans leur propre labyrinthe de miroirs gelés
Ils contiennent chaque sanglot et blessure entreposés
Anesthésiés d'un vent glacé, ils subissent sans mot dire.

La colère des cieux intensifie son grand vacarme
La bombe à retardement dévaste tout en passant
Et dans cet abîme de coups, d'injures à tout venant
L'avalanche change les bleus du corps en rouge de larmes.

Un répit furtif permet de panser les plaies, courber l'échine
Tout en espérant une issue miraculeuse à ce déni
Celle qui rétablirait de la joie et du pouvoir sur sa vie
Et arracherait au terrorisme conjugal ses racines.

Psychothérapie

Dans ma tête troublée affluent
Des maux, des peurs et des tourments
Qui inhibent mes jugements,
Tétanisent mon corps déchu.

Lorsque tout mon être n'est plus
Qu'émois et angoisses mêlés,
Tourbillon d'idées torturées
Dans des affres ininterrompues,

Alors ce poison de pensées
Bride mon cœur qui éclate
En jet de pleurs écarlates
Du fond d'un volcan excédé.

Je crains de penser par moment
Et je souffre de ce que je crains
Si je pouvais changer demain
Rien qu'en le voyant autrement,

Mes démons seraient exilés
Vers un doux asile de paix,
Un petit écrin de bienfaits
Sanctuaire de sécurité.

S’épancher inéluctablement dans un abîme ténébreux
Où l’éternelle attente me vide de toute raison de vivre,
Loin des feux vifs de l’espoir, les cendres de la peur me cuivrent.
Immense radeau immobile en marge d’un fleuve tumultueux,
Tout s’obscurcit sous la clarté froide d’un fin croissant de lune,
Une existence passée sous silence comme compagnon d’infortune,
Du temps qui ne défile plus, j’attends une amnistie opportune
Et l’espérance qui viderait mon cœur de ces flots douloureux.

Délivrance

Parfois l'âme me brûle de feux inconnus,
Ces pensées âcres et dénuées de raison
Se déversent en moi tel un torrent de poison,
Et ombragent jour et nuit sans possible issue.

Piégée dans le long labyrinthe de mes peurs,
L'esprit maudit s'éveille et impose ses vues,
En soufflant sur les cendres d'un espoir déchu,
Les bribes de lueur cèdent à la noirceur.

Ces fièvres noires erratiques m'horrifient,
Les plaies de l'âme deviennent des maux du corps,
Une litanie lancinante en un accord
Rythme ma mémoire de son refrain impie.

Espérons qu'un sémaphore dans ces tourments,
Baissera ces voiles de brume de toujours
Et lèvera l'ancre de l'agonie du jour,
Un arc-en-ciel divin tombé du firmament.

La magie de Noël

Le beau mois de décembre est enfin arrivé
Suivi en secret par sa hotte d'espérances,
Le traîneau verse cette corne d'abondance
Aux cœurs battant la cadence des festivités.

Partout les foyers scintillent de mille éclats,
Les sapins trônent tout près de la cheminée
Et accompagnent de clignotements dorés
La valse des flammes au rythme de leurs pas.

Les rubans tels des enfants indisciplinés,
S'agitent dans un tourbillon de filaments
Que seule la promesse d'être sage détend
Dans l'attente impatiente d'une nuit rêvée.

Les plats traditionnels dorent dans les fours,
La bûche se pare de ses plus beaux habits,
Petits et grands s'affairent en catimini
Pour décrocher la quintessence de ce jour.

La nuit noire s'impose silencieuse et profonde,
Les étoiles attendent sagement le sourire
Que le convoi plein de cadeaux saura offrir,
Lorsqu'il apparaîtra devant la lune ronde.

Souvenirs

Je me souviens de jours heureux, de jours anciens,
Les souvenirs d'enfance ravivent ma mémoire
Et la remplissent de merveilleuses histoires,
De fables ; comme un écho à ce que je retiens.

Je me souviens de secrets inavouables,
Ceux que l'on garde en soi comme un trésor enfoui,
Auquel le souvenir ajoute chaque nuit
Une sensation troublante mais inoubliable.

Je me souviens de la ronde de jours et de nuits
Qui se succèdent en une onde pure et tranquille,
Gravée à l'esprit lorsque le présent défile,
Source d'espérance d'un avenir sans bruit.

Je me souviens de tous ces moments envoûteurs,
Quand ton esprit passionné réchauffe le mien,
Attise à jamais dans mon âtre vésuvien
Ce flambeau de l'amour qui consume mon cœur.

Je me souviens de tout pour ne rien oublier
Telle une âme errant dans le présent sans plaisir,
Une vie sans mémoire se noie dans l'avenir.

Je me souviens, puis j'oublie et je vis ma vie
J'embellis le présent de rêveries passées
Le souvenir reste quand on a tout oublié.

Imprimé en France
Achevé d'imprimer en mai 2022
Dépôt légal : avril 2022

Pour

Le Lys Bleu Éditions
40, rue du Louvre
75001 Paris